LES

SOCIÉTÉS DE CHARITÉ

LES FRANCS-MAÇONS

ET

LA CIRCULAIRE DU 16 OCTOBRE

(/)

PARIS. — IMP. DE W. REMQUET, GOUPY ET Cie, RUE GARANCIÈRE, 5.

LES

SOCIÉTÉS DE CHARITÉ

LES FRANCS-MAÇONS

ET

LA CIRCULAIRE DU 16 OCTOBRE

PAR

Mᴳᴿ L'ÉVÊQUE D'ORLÉANS

PARIS

CHARLES DOUNIOL, LIBRAIRE-ÉDITEUR

29, RUE DE TOURNON

—

1861

SOCIÉTÉS DE CHARITÉ

LES FRANCS-MAÇONS

ET

LA CIRCULAIRE DU 16 OCTOBRE

J'ai dessein de dire modérément, mais librement, mon avis sur la circulaire de M. le Ministre de l'Intérieur, en date du 16 octobre 1861, relative aux sociétés religieuses de charité et aux loges de francs-maçons. Voici le texte de cette circulaire :

Paris, le 16 octobre 1861.

MONSIEUR LE PRÉFET,

Depuis longtemps le gouvernement se préoccupe de la nécessité de faire rentrer dans les conditions de la loi *les associations de bienfaisance* dont l'existence et l'action n'ont point encore été régulièrement autorisées. Par diverses circulaires, notamment en date du 30 octobre 1850, du 19 août 1852 et du 15 juin 1854, vous avez été invité à rappeler à ces sociétés les obligations que la loi leur impose. Malgré ces avertissements, la considération qui s'attache aux actes de bienfaisance a prolongé jusqu'ici la tolérance de l'autorité; mais il est devenu indispensable *et il est juste* de régulariser une situation dont le temps n'a *fait qu'aggraver les inconvénients.*

Je m'empresse, du reste, de reconnaître qu'à part *ces inconvénients*, les nombreuses associations de bienfaisance, autorisées ou non, et qui forment des branches considérables de la charité publique, méritent toute la sympathie du gouvernement pour les bienfaits qu'elles répandent dans le pays soit qu'elles revêtent un caractère religieux comme les Sociétés de Saint

Vincent de Paul, de Saint-François Régis, de Saint-François de Sales, soit que, d'origine différente, elles aient une organisation purement philanthropique comme la franc-maçonnerie.

Établie en France depuis 1725, cette dernière n'a pas cessé, en effet, de maintenir sa réputation de bienfaisance, et tout en accomplissant avec zèle sa mission de charité, *elle se montre animée d'un patriotisme qui n'a jamais fait défaut aux grandes circonstances.* Les divers groupes dont elle se compose, au nombre d'environ 470, connus sous le nom générique d'ateliers, et les dénominations particulières de *loges, chapitres, collèges, consistoires,* etc., quoique non reconnus et non régulièrement constitués, fonctionnent *avec calme* dans le pays et n'ont depuis longtemps donné lieu à *aucune plainte sérieuse de l'autorité.* Tel est *l'ordre et l'esprit* qui règnent dans *cette association,* qu'à l'exception de son *organisation centrale, dont le mode d'élection,* de nature à exciter des rivalités entre les diverses loges et à troubler leur bonne harmonie, *réclamerait quelques modifications,* il ne peut être qu'*avantageux d'autoriser et de reconnaître son existence.*

De leur côté, les associations religieuses de bienfaisance, et particulièrement la société de Saint-Vincent de Paul, se recommandent au respect public par les vertus qu'elles exercent. Les nombreuses conférences de Saint-Vincent de Paul, fondées dans le but de distribuer des secours aux indigents, de moraliser et d'instruire les classes ouvrières, poursuivent avec un zèle remarquable un but qui ne saurait être trop loué. C'est la bienfaisance donnant la main à la religion et s'échauffant de ses nobles aspirations pour mettre en pratique les préceptes de la charité chrétienne ; et non-seulement ces sociétés contribuent puissamment au soulagement et à la moralisation des classes pauvres, elles concourent encore à entretenir dans les classes élevées tout un ordre de sentiments généreux en faisant comprendre aux hommes de fortune et de loisir la mission du riche au milieu de ceux qui souffrent.

L'esprit de ces sociétés paraît du reste *en lui-même étranger aux préoccupations politiques,* car, *formés d'hommes religieux appartenant indistinctement à toutes les opinions,* elles comptent dans leur sein un grand nombre de *fonctionnaires publics et d'amis dévoués du gouvernement.*

Mais si les conférences locales de Saint-Vincent de Paul ont droit à toute la sympathie du gouvernement, j'ai le regret de dire qu'il n'en est pas de même de ces conseils ou comités provinciaux qui, *sous l'apparence* d'encourager les efforts particuliers des diverses conférences, viennent chaque jour davantage *s'emparer de leur direction, les dépouillent du droit* de choisir elles-mêmes leurs présidents et leurs dignitaires, et *s'imposent* ainsi à toutes les sociétés d'une province, comme pour les faire *servir d'instruments à une pensée étrangère à la bienfaisance.*

Quant au conseil supérieur siégeant à Paris, le gouvernement ne saurait approuver l'existence de *cette espèce* de comité directeur qui, *sans être nommé* par les sociétés locales, se recrutant de lui-même et de sa seule autorité, *s'arroge le droit de les gouverner pour en faire* une sorte *d'association occulte* dont il étend les ramifications au-delà des frontières de la France, et qui *prélève sur les conférences un budget dont l'emploi reste inconnu.*

Une telle organisation *ne peut s'expliquer par l'intérêt seul de la charité.* Est-il nécessaire, en effet, que les hommes honorables qui font de la bienfaisance à Lyon, à Marseille, à Bordeaux, soient conseillés, dirigés par un comité de Paris ? Ne sont-ils pas au contraire, plus en état que personne de savoir *à qui distribuer leurs aumônes ?* Enfin la charité chrétienne a-t-elle besoin pour s'exercer de se constituer *sous la forme des sociétés secrètes ?*

Monsieur le préfet, la loi qui interdit ces sortes d'associations et qui est violée depuis trop longtemps, vous impose des obligations que mon devoir est de vous rappeler, en conciliant le respect de la loi avec le grand intérêt qui s'attache au noble exercice de la charité. S'il existe dans votre département des sociétés de bienfaisance non autorisées, sous quelque titre ou dénomination qu'elles soient établies, conférences de Saint-Vincent de Paul, sociétés de Saint-François Régis et de Saint-François de Sales et loges de franc-maçonnerie, je vous invite à les autoriser sans délai, suivant les formes légales, et à les admettre, ainsi que toutes les sociétés déjà reconnues, *au partage des faveurs du gouvernement* comme à la protection de l'État.

En outre, si les présidents ou délégués, directement nommés par les sociétés isolées *d'une même ville*, jugent utile de se concerter dans l'intérêt de leur mission, vous *les autoriserez* à se réunir et à former un comité.

Enfin, si ces *diverses* sociétés, par l'organe de leurs présidents ou délégués, vous expriment le désir d'avoir à Paris, *près du siège du gouvernement, une représentation centrale,* vous me transmettrez l'expression de leurs vœux avec les raisons qu'elles auraient à faire valoir, et j'aurai l'honneur de prendre les ordres de l'Empereur pour décider sur quelles bases et d'après quels principes cette représentation centrale pourrait être organisée. Jusque-là, *vous interdirez* les réunions de tout conseil supérieur, central ou provincial, *et vous en prononcerez la dissolution.*

Recevez, monsieur le préfet, l'assurance de ma considération très-distinguée.

Le Ministre de l'intérieur,

F. DE PERSIGNY.

C'est avec un profond sentiment de tristesse que je me vois condamné à élever encore la voix, et à intervenir dans une telle question.

Rien ne m'a jamais plus coûté que ce que je vais faire, rien ne me demande un plus grand effort sur moi-même.

Il faut l'avouer : le rôle aujourd'hui réservé aux Évêques est en vérité bien embarrassant. Arrachés sans cesse à la silencieuse activité de leurs fonctions pastorales par des événements ou par des actes qui intéressent au plus haut point la religion dont ils sont les ministres, ils deviennent un objet de défiance pour le pouvoir, s'ils parlent, et un objet de scandale ou au moins d'étonnement pour les fidèles, s'ils se taisent. Leurs remontrances confidentielles, quand elles parviennent au Gouvernement, demeurent sans effet auprès de l'opinion. A des actes publics, ils doivent des réponses publiques.

Nous sommes en ce moment tous méconnus et frappés ; nous recevons gratuitement, à la face du monde entier, une cruelle injure. Je le dirai dans la vérité et le calme de ma conscience étonnée : au milieu de toutes les douleurs du temps et des choses, la circulaire de M. de Persigny, relative aux conférences de Saint-Vincent de Paul, est une des plus grandes amertumes qui aient depuis longtemps contristé les âmes catholiques, et je l'ajouterai, la plus imméritée, la plus inattendue.

Sans motifs réels d'aucune sorte et sans aucun but que je puisse découvrir, sans avantages possibles, elle nous blesse dans ce que nous avons de plus intime et de plus délicat au cœur, la charité ; elle blesse avec nous dans ce qu'ils ont de plus sincère en leur conscience tous les amis de la liberté religieuse.

Je le demande à nos adversaires, aux écrivains passionnés, qui ont poursuivi sans relâche les sociétés de charité, et notamment la Société de Saint-Vincent de Paul, je le leur demande : Ne savent-ils pas ce qu'ils font? Oui, ils savent qu'ils attaquent les meilleurs catholiques de nos diocèses, ceux que nous regardons comme notre consolation, notre honneur, notre couronne. Ils savent qu'accuser un Français d'hypocrisie, prétendre qu'il se couvre du manteau sacré de la religion pour tramer des machinations politiques, affirmer que sa main reçoit pour les pauvres une aumône qu'elle change en un subside de parti, ils savent que c'est faire à ce Français la plus mortelle injure. Ils savent que la plus pacifique réunion d'agriculture ou de médecine ne supporterait pas sans protester de pareilles insinuations. Je rends à nos adversaires ce témoignage qu'ils ne les endureraient pas eux-mêmes.

Eh bien! je les prends pour juges. L'acccusation, partie de leurs journaux, a été reprise par la plume d'un ministre. Elle tombe de là sur ces hommes si dévoués, qui sont nos meilleurs amis; et il ne s'élèverait pas du sein de l'épiscopat des voix pour défendre les plus honnêtes gens de la chrétienté! Ah! nos adversaires, je leur rends encore ce témoignage, seraient fondés, si nous nous taisions, à rire entre eux d'une patience qui mériterait un autre nom.

Non, il ne convient pas de se taire. Que l'innocence soit attaquée ici-bas, cela est commun, mais qu'elle ne soit pas défendue, cela serait scandaleux.

Je parlerai donc.

Mais j'ai voulu attendre; attendre, afin de voir comment s'exécuterait cette circulaire, que j'aurais été heureux de prendre pour la méprise d'un ministre mal informé, auquel l'honorable sincérité de son caractère inspirerait un retour facile sur une décision trop prompte; attendre, afin de laisser les associations, que je veux défendre, maîtresses de tenir la conduite qu'elles préféreraient, sans que je puisse être accusé d'avoir voulu exercer sur elles aucune influence; attendre aussi, afin de calmer l'amertume de ma première impression et de n'être point exposé à l'exhaler malgré moi dans mes paroles.

Le temps refroidit les émotions, mais il fortifie les réflexions. Si je suis moins ému, je me sens aussi plus convaincu; c'est la meilleure disposition pour s'exprimer avec calme. Telle est ma ferme intention. Quelques efforts que je fasse, on ne manquera pas de dire que j'ai parlé trop vite et que je suis allé trop loin; qu'il faut à un gouvernement, pour revenir, de lui-même, sans qu'on l'y pousse, sur un acte erroné, le temps de reconnaître son erreur.

Je connais cet argument. Il est le motif de toutes les faibesses, il sert de prétexte à tous les entêtements. Une telle crainte ne fermera pas ma bouche, mais elle imposera silence à ma douleur, et ne laissera, s'il plaît à Dieu, sortir de mes lèvres que le langage de la simple raison.

J'analyserai brièvement les termes, les effets, les motifs de la circulaire de M. de Persigny, usant de la liberté à laquelle il a lui-même convié tous les citoyens par une autre circulaire mieux inspirée, celle qu'il adressait le 8 décembre dernier à MM. les Préfets, et dans laquelle il demandait « que les actes « de l'administration soient librement discutés, qu'au besoin « les injustices soient révélées: » — Il ne trouvera donc pas mauvais que, dans la circonstance présente, un évêque examine avec franchise l'acte considérable qui vient d'affliger si profondément l'Eglise, et recherche sincèrement avec lui si un tel acte est ou non conforme à la vérité et à la justice.

I

Quelle est la portée de cette circulaire ?

En deux mots, sans articuler de preuves, sans citer aucun fait, la circulaire *accuse* une grande société catholique de charité, et *elle la dissout.*

Elle l'accuse :

De s'être constituée « sous la forme des sociétés secrètes, » d'avoir une organisation qui « ne peut s'expliquer par l'intérêt « seul de la charité ; » de « servir d'instrument à une pensée « étrangère à la bienfaisance ; » ce sont ses expressions.

Elle porte contre des hommes honorables l'accusation, intolérable à des gens de cœur et à de bons citoyens, de cacher la politique sous le manteau de la charité ; d'inquiéter le gouvernement de leur pays, comme s'ils étaient les ennemis du pouvoir, en se disant les amis des pauvres ; et de *prélever sur des sociétés, dont ils font une sorte d'association occulte, qu'ils dé-*

pouillent de leurs droits, et qu'ils s'arrogent le droit de gouverner, un budget dont l'emploi reste inconnu.

Faisant une distinction inacceptable entre les personnes qui composent la Société en province et celles qui la dirigent à Paris, la circulaire prétend que ceux qui sont dirigés sont vertueux, tandis que la direction est suspecte, et elle représente ainsi les hommes les plus respectables de nos diocèses, et nous-mêmes, Évêques, nous qui les bénissons chaque jour, comme des dupes menées par des ambitieux.

Là où l'Église a formé un lien de prières, de bonnes actions, de mérites et de grâces, la circulaire ne voit qu'un réseau ténébreux, qu'elle tranche et déchire par un simple arrêté administratif.

Enfin, par un rapprochement étrange et douloureux, — qui étonne les plus indifférents, fait rire les francs-maçons eux-mêmes et gémir les chrétiens, — la circulaire met sur le même rang deux sociétés aussi différentes par leur origine et leur but notoire que l'association de Saint-Vincent de Paul et la franc-maçonnerie : l'une comblée de grâces par l'Église, bénie par le Souverain Pontife et les Évêques dans le monde entier; l'autre, qui ne le sait? condamnée par la religion pour son esprit anti-catholique, que les francs-maçons n'ont jamais pris la peine de dissimuler. Que dis-je ? par une préférence éclatante, dont je vois chacun se demander vainement la raison, même la raison politique et avouable, c'est la franc-maçonnerie que M. de Persigny couvre de ses éloges et de ses ménagements, et c'est la société chrétienne qu'il frappe.

En vain, sauvant les apparences, sa circulaire prétend-elle maintenir les Conférences des localités et ne frapper que les Conseils collectifs. En vain m'objecterait-on que les réunions du diocèse d'Orléans, par exemple, peuvent vivre comblées des éloges de l'administration et munies de ses certificats.

Il se peut, effectivement, que de petites réunions locales continuent à subsister, avec la permission de MM. les préfets; mais, tout en applaudissant à la persévérance de leur zèle, et les y ayant immédiatement exhortés moi-même, dès ce moment je plains ceux qui les composent : discrédités d'avance par leur mise en suspicion devant le pays, suspects à l'autorité, suspects aux pauvres, jalousés, non pas à Orléans, mais dans bien d'autres lieux, par la bienfaisance publique, dénoncés par le beau nom qui les recommandait hier, le nom de Saint-Vincent de Paul : oui, je les plains, tout en les approuvant, s'ils bravent tant d'obstacles pour continuer à servir Dieu et à visiter les pauvres.

Mais la Société de Saint-Vincent de Paul, telle que la charité catholique l'a conçue, telle que la religion l'a fondée, telle qu'elle vit depuis trente ans, est atteinte dans sa constitution essentielle, et frappée au cœur : ces petites sociétés, isolées et dispersées, ne seront plus que les branches éparses d'un tronc abattu. L'arbre a été coupé par la racine.

En effet, que va-t-il arriver ?

Ces petites réunions seront dissoutes ou autorisées : autorisées, il leur sera défendu de s'unir à d'autres ; si des comités collectifs sont jugés utiles, ils ne se formeront que *dans la même ville*, avec *l'agrément des préfets*. Si un centre commun devient indispensable, il prendra le caractère d'une Commission gouvernementale, et l'on ne dit pas à quelles conditions elle sera *instituée par le ministre, prenant les ordres de l'Empereur*.

En définitive, la Société de Saint-Vincent de Paul est dissoute dans son organisation actuelle : ses règlements, ses relations mutuelles, son centre, ses autorités, ses innombrables bonnes œuvres se soutenant les unes les autres, tout son ensemble enfin, toute sa vie, voilà ce qui est frappé dès à présent, frappé de mort. La vertu à domicile n'est pas défendue à ses membres, si elle se fait autoriser ; la vertu par grande et féconde association voulut-elle se faire autoriser, l'autorisation sera refusée, à moins que cette association ne devienne une institution gouvernementale. Quant à la société actuelle, collective, nationale, catholique, de Saint-Vincent de Paul, elle cesse d'exister, si la circulaire n'est pas rapportée, comme j'en veux conserver l'espoir.

Voilà donc le fond de cette circulaire. Elle a l'air de ne frapper que le Conseil général ; en réalité, elle dissout la société toute entière. Cette grande création de la religion disparaît : je le répète, il reste plus ou moins de branches éparses, mais l'arbre est par terre.

Et pourquoi ? Quels sont donc les crimes de la Société de

Saint-Vincent de Paul et de son Conseil général? Quels sont les motifs de monsieur le Ministre de l'Intérieur?

Il allègue les suivants :

La Société de Saint-Vincent de Paul est organisée par son Conseil général sous la forme des sociétés secrètes;

Ce Conseil a un but politique ;

En tout cas, il est inutile à l'œuvre charitable;

Et surtout, il est illégal.

Examinons, et avec le détail nécessaire, la valeur de ces accusations.

II

Et d'abord le Conseil général donne-t-il en rien, aux Conférences de Saint-Vincent de Paul, le caractère d'une société secrète et politique ?

Certes, il est naturel, je le reconnais, que quand une vaste association se forme dans un pays, le gouvernement de ce pays s'en préoccupe. Il est naturel qu'il veuille en connaître les règles, le personnel, les actes. Je ne suis donc pas surpris que M. le Ministre de l'Intérieur ait cru devoir fixer ses regards sur la Société de Saint-Vincent de Paul.

Mais cette Société n'est pas une société vivant d'hier et vivant dans l'ombre : c'est une société parfaitement publique, parfaitement surveillée, parfaitement connue.

Depuis trente ans qu'elle existe, je le demande, a-t-elle refusé de faire sur elle-même la lumière? Non : La Société de Saint-Vincent de Paul agit au grand jour ; elle imprime depuis nombre d'années, par les soins même du Conseil général, un bulletin mensuel qui est envoyé dans le monde entier à toutes les Conférences. Ce bulletin en est aujourd'hui à son 115e numéro. Il est déposé au parquet; tout citoyen peut s'y abonner pour trois francs, rue de Furstemberg, n° 6. Les *Petites lectures* sont estampillées par la commission de colportage. De plus, tous les règlements, tous les manuels, toutes les instructions, toutes les circulaires, sont imprimés et se vendent à qui veut les acheter ; les budgets en recettes et en dépenses sont publiés chaque année par chaque Conférence et par le Conseil général, par livres et centimes.

Et voilà ce qu'on nomme une œuvre occulte, une société secrète !

La surveillance, d'ailleurs, lui a-t-elle jamais manqué ? Sous tous les gouvernements qui se sont succédé dans notre pays, sous l'Empire, sous la République, sous la Monarchie, quarante ou cinquante ministres, servis par quatre ou cinq cents préfets, aidés par ou deux ou trois mille magistrats du Parquet, ont eu sur elle les yeux. Qu'est-il résulté de cette surveillance ? Les noms, les règlements, les budgets, les circulaires, les lieux de réunion, les rapports, les explications, les renseignements de toute nature ont été donnés, et, pas une seule fois, ni le Conseil général, ni un seul conseil, n'ont été convaincus de faire de près ou de loin, directement ou indirectement, ombre de politique.

C'eût été manquer à la plus fondamentale des maximes de la société. « Les membres doivent bannir à jamais de leurs « réunions toute discussion politique... Ceux qui veulent se « tenir unis et exercer un ministère de charité doivent s'abs- « tenir d'agiter entre eux les questions irritantes qui divisent « le monde. Notre Société est toute de charité; la politique lui « est tout à fait étrangère [1]. »

Et, chose également notoire et incontestable, c'est que si les Conférences de Saint-Vincent de Paul se sont maintenues si rigoureusement en dehors de toute politique, elles n'ont fait en cela que suivre fidèlement l'inspiration de ce Conseil général que la circulaire accuse et dissout. Le conseil général a parfaitement compris dès l'origine qu'admettre, sous un prétexte ou sous un autre, la politique dans la Société, c'était y faire entrer un élément dissolvant, qui en amènerait infailliblement la ruine. Quelle politique eût pu faire la Société ? Celle du Nord ou de l'Ouest de la France ? de la Hollande ou de l'Australie ? La politique de 1830 ou de 1848 ? Elle a dans son sein

---

[1] *Manuel des Sociétés de Saint-Vincent de Paul.*

des membres de tous les pays, des vainqueurs et des vaincus de tous les régimes? Au premier mot de politique, ils se seraient tous séparés.

L'exclusion de toute politique a donc dû être un principe essentiel de la Société de Saint-Vincent de Paul.

Les faits n'y ont jamais contredit.

Certes, ce ne sont pas les occasions qui auraient manqué.

Il y a eu en France, depuis que les conférences de Saint-Vincent de Paul sont fondées, bien des questions politiques à l'ordre du jour : les conférences ne se sont jamais immiscées dans aucune.

Sous le gouvernement de Juillet, il y a eu la grande question de la liberté d'enseignement et de la liberté religieuse : certes, les Conférences de Saint-Vincent de Paul pouvaient s'y croire intéressées : non, elles s'en sont tenues à la charité. Elles n'ont pas fait une pétition, rien écrit, rien publié en faveur de ces libertés.

Il y a eu, sous la république, bien des questions électorales posées devant le suffrage populaire : les Conférences de Saint-Vincent de Paul n'ont jamais recommandé un candidat, ou pris une part quelconque au mouvement électoral.

Il y a eu, sous l'Empire, il y a encore en ce moment, la grande question romaine : Eh bien ! les conférences n'ont pas fait une seule démonstration. On ne peut pas même leur imputer d'avoir fait une quête pour le denier de Saint-Pierre : Elles se sont refusé cette consolation. Et poussant la prudence au delà des frontières, le Conseil général a conseillé aux conférences irlandaises de ne point participer aux meetings pour le Pape.

Non, pas un acte, pas un mot, rien ne peut être cité, qui indique que les Conférences de Saint-Vincent de Paul, à aucune époque, se soient, de près ou de loin, mêlées de politique. Et voilà pourquoi elles ont pu traverser tant de régimes divers, faisant le bien, un bien immense, et n'inquiétant personne.

« Les révolutions elles-mêmes, » disait le P. Lacordaire, « qui ont déraciné tant d'autres œuvres, ont respecté celle-ci.

« Le parfum sans tache de la charité a écarté d'elle le soup-
« çon : on a cru à sa sincérité, parce qu'elle était sincère. »

Là où il y avait une question politique on ne la rencon-
trait jamais ; mais là où il y avait une misère publique à sou-
lager, on était sûr de la trouver, et on a vu chez nous le gouvernement lui-même invoquer son concours. Lorsqu'à diverses
époques le choléra est venu fondre sur la France, et que le
Gouvernement eut besoin de tous les dévoûments, les Conférences de Saint-Vincent de Paul se sont dévouées, et plusieurs
de leurs membres ont payé leur dévoûment de leur vie. Quand
plus tard le Gouvernement fit appel à la charité pour les inon-
dés de la Loire et du Rhône, les Conférences répondirent
généreusement à cet appel. En 1848, le gouvernement républicain recommandait à leur charité les ouvriers sans travail.
Leurs membres ne faillirent alors à aucun devoir, et lors des
terribles émeutes de juin, le Président même de la Société,
blessé grièvement sur les barricades, était décoré par le général
Cavaignac.

Tel est l'esprit qui a constamment inspiré la Société de
Saint-Vincent de Paul et son Conseil général ; mais il faut
avouer que M. de Persigny a eu, au sujet de ce Conseil et des
autres, la main malheureuse.

Pendant les longues années de mon ministère à Paris, j'ai
vu naître le Conseil général ; plusieurs de ses membres sont
mes amis, les amis de mes collègues : nous avons, dans plusieurs diocèses, des Conseils centraux, composés de nos dio-
césains les plus respectés. Notre témoignage ne peut leur
manquer ni notre reconnaissance, au moment surtout où ils
sont frappés : nous nous devons à nous-mêmes de défendre
des hommes honorables et honorés de tous, que l'on accuse
injustement.

La circulaire est tombée à leur endroit dans les plus évidentes
contradictions, comme dans les méprises les plus étranges à
l'endroit de la Société tout entière.

M. le ministre déclare que la conduite de la Société en province est irréprochable. Comment donc la direction à Paris
serait-elle criminelle ? Ou cette direction est bien inefficace, ou
elle est bien inoffensive.

Si j'en crois les journaux, qui exercent sur cette Société charitable une surveillance qui ne l'est guère, quelques réunions de province, deux ou trois sur quinze cents, auraient été accusées ; dans les pays où les passions politiques sont vives, quelques membres de ces réunions auraient manqué de prudence. Jamais rien n'a été reproché au Conseil général, rien, jamais rien. Or, M. de Persigny comble d'éloges mérités les réunions de province, et c'est le Conseil de Paris qu'il frappe.

Allant de méprise en méprise, la circulaire accuse les conseils centraux de *dépouiller les Sociétés locales du droit de nommer leurs présidents.* Or, il se trouve que ces sociétés les nomment tous sans exception, et déjà quelques-unes d'entre elles ont protesté contre cette étrange allégation[1].

La circulaire suppose que le conseil de Paris s'occupe de savoir à qui les Sociétés locales distribuent leurs aumônes. Or, il ne s'en mêle en rien, et les Sociétés locales distribuent leurs aumônes comme elles l'entendent.

La circulaire accuse le conseil de Paris de *s'emparer de la direction des conférences particulières pour en faire une association occulte, et de prélever sur les Conférences un budget dont l'emploi reste inconnu.* Or, l'association est publique ; le budget, qui ne s'élève qu'à quelques milliers de francs pour les frais généraux d'une Société qui compte quinze cents conférences locales[2], n'est pas prélevé[3], il est libre : les moins pauvres envoient des dons volontaires qui servent à aider les plus pauvres[4] ; enfin, l'emploi du budget est publié chaque année.

---

[1] Lettre de M. le Président de la Conférence de Malesherbes (*Loiret*) à *l'Ami de la Religion*, 24 octobre 1861.

[2] Le *Manuel des Conférences* dit expressément : « *Il est dans l'essence de notre Œuvre* de restreindre ces frais au plus strict nécessaire, et d'être avare de l'argent des pauvres. »

[3] Le commentaire de l'article 38 du règlement dit en propres termes : « Rien ici n'est imposé aux Conférences par le règlement, ni même demandé par le conseil général : *ces dons sont entièrement facultatifs.* »

[4] « La caisse du conseil général n'a pas seulement pour but de payer les frais de correspondance et d'administration. *Elle doit* SURTOUT *venir en aide aux Conférences pauvres*, et pour lesquelles un secours passager est éminemment utile. Chaque année, le conseil général accorde des allocations

2

Et, quand tout cela est patent, notoire, c'est alors qu'on va, sans preuves d'aucun genre, et dans des termes qui autorisent tous les soupçons, accuser les plus généreux amis des pauvres de tromper leurs confrères en charité, et de « les faire servir d'instruments à une pensée étrangère ! »

Mais ces hommes qui mènent, par des moyens que l'on ne dit pas, vers un but que l'on n'indique pas, d'autres hommes qui ne s'en doutent pas, tout en semant des bienfaits sur leur route, quand, comment, au profit de qui, ont-ils fait de la politique? Vous avez la liste des noms : je vous engage à la publier. Est-il un seul de ces noms qui soit un nom d'hypocrite, de factieux, de perturbateur? Plusieurs sont dans vos conseils ; d'autres occupent les siéges les plus élevés de la justice. Tous sont connus par leur foi, leur loyauté, leur générosité. Certes, il est vraiment trop commode, à l'abri de l'inviolabilité du fonctionnaire, et sous prétexte de raison d'État, de dénoncer dans toute la France d'honnêtes gens : il le serait beaucoup moins de prouver l'accusation. On attaque des citoyens paisibles dans leur plus précieuse propriété, qui est leur honneur ; on dit, — oui, on a dit cela ! — qu'*ils prélèvent l'argent des pauvres pour un emploi inconnu ;* prouvez donc qu'il y a utilité publique à ce langage, et permettez au moins qu'on discute et qu'on estime le dommage que vous leur faites. Des preuves, donnez des preuves ! Vous exécutez ce conseil ; mais qui l'a jugé ?

Vous poursuivez en même temps la Société de Saint-François de Sales, société très-nouvelle, qui distribue des livres et fonde des écoles dans les pays où les catholiques et les protestants sont mêlés ; la Société de Saint-Régis, admirable, irréprochable institution, connue de toutes les municipalités de France, à laquelle on doit la loi du 10 décembre 1850, qui a dispensé les pauvres du timbre pour leurs actes de l'état civil, société composée de quelques hommes occupés, sous la présidence d'un conseiller

« malheureusement insuffisantes, soit aux Conférences qui s'organisent dans
« les localités pauvres, et auxquelles un petit envoi d'argent est un précieux
« encouragement, soit à celles qui, fondées depuis quelque temps, sont assail-
« lies par une nécessité plus grande : seules elles eussent succombé ; mais se
« sentant appuyées, elles ont repris courage, et elles l'ont rendu aux pauvres
« qu'elles assistaient, et aux riches qui pouvaient prêter leur concours. »

à la Cour de cassation, à faciliter aux pauvres la recherche de leurs papiers, la célébration de leur mariage civil et religieux, société à laquelle, depuis 1826, plus de cent mille ménages doivent la légitimité de leur union, plus de trois cent mille enfants doivent un père et une mère.

Voilà les sociétés que vous déclarez suspectes à la face de la France !

Mais, si vous ne voulez pas croire à la sincérité d'une affirmation honnête, si vous ne croyez pas au témoignage de tous ces hommes irréprochables, dont vous faites vous-même l'éloge, de tous ces membres de la Société, à Paris et en province, magistrats, fonctionnaires, paysans, ouvriers, qui s'écrient : « Jamais on ne nous a demandé ni engagement, ni obéis- « sance, ni profession de foi politique, ni subvention secrète ; » je demande qu'on fasse comparaître d'autres témoins. Dans une vaste Société, qui vit depuis trente ans, il y a eu des dévoûments lassés, des défections, des mécontentements. Nous savons ce qui se passe chez les francs-maçons par les révélations de ceux qui les quittent. Qu'on me montre donc un seul ancien membre de ces Sociétés religieuses, venant déclarer qu'on lui a demandé un serment, qu'on a levé sur lui un impôt, qu'on a exercé la moindre pression sur ses opinions politiques, qu'on lui a soufflé à l'oreille un autre mot d'ordre que l'amour de Dieu et du prochain ! consultez les pauvres, les magistrats du parquet, les commissaires de police, qui vous voudrez enfin. Nulle preuve, nulle démonstration, nul grief ; toujours ce triste argument des âmes ténébreuses, mais qui ne convient pas à la générosité de votre caractère : le soupçon, le soupçon, le soupçon. Je soupçonne, sans preuve, tous ceux qui ont l'air de faire le bien, de chercher à faire le mal.

Ils sont bien habiles, s'écrient certains journaux, se faisant ainsi connaître eux-mêmes : non, ils ne font pas de mal *en apparence*. — « *En apparence*, dit aussi la circulaire, ils encouragent « les efforts particuliers des diverses conférences ; » — mais il est impossible qu'il n'y ait pas quelque chose là-dessous !

Oui, il y a quelque chose là-dessous ; il y a la Charité, cette grande chose, qui est Dieu, *Deus Charitas est*, et qui inspire depuis dix-huit siècles toutes ces œuvres qui vous étonnent. Il y a la Charité, sortie vivante du cœur du Christ mort pour les hommes, et qui passant du cœur du crucifié dans le nôtre, y suscite des sincérités de dévoûment que vous ne pouvez comprendre. Du moins ne les outragez pas. M. de Persigny, je le dis comme je le pense, n'est pas incapable de comprendre les dévoûments sincères, car il a eu les siens; mais si quelqu'un venait lui parler des apparences de son dévoûment, ne s'indignerait-il pas avec raison?

C'est assez sur cette triste parole.

Si ces misérables soupçons, si ces procès de tendance trouvaient accès auprès d'un grand gouvernement, alors il faudrait établir en principe qu'il n'y a plus de bonne foi sur la terre, que la vertu n'est que l'hypocrisie au service de l'ambition; que trois hommes ne peuvent plus avoir la pensée de se réunir au nom de Dieu sans conspirer; que si on donne un verre d'eau froide aux pauvres au nom de Jésus-Christ, sans le donner aussi au nom du gouvernement, tout est perdu; que nous avons tous, deux langages, deux visages, et que le monde est peuplé de menteurs! Encore dans ce dangereux séjour, sera-t-il à propos de distinguer plusieurs variétés d'hypocrites, et de convenir que ceux qui font consister leur hypocrisie à secourir les orphelins et à consoler les malheureux, ont un beau défaut.

III

Mais à quoi bon, dites-vous, un conseil général et des conseils provinciaux? « *Cette organisation est inutile ;* et évidemment « ne peut pas s'expliquer par l'intérêt seul de la charité. Les « hommes charitables de Bordeaux n'ont pas besoin d'être di-« rigés de Paris, et ils savent mieux que personne à qui distri-« buer leurs secours. »

En cela M. de Persigny a bien raison; il se trompe seulement en ce qu'il pense que le conseil général s'arroge le droit de diriger ainsi à son gré les conférences particulières; j'ai déjà dit

que jamais ce conseil n'avait eu cette pensée, et que la circulaire a fait sur ce point une véritable découverte.

J'ai trois conférences dans ma ville épiscopale, un grand
nombre d'autres dans mon diocèse, je m'en occupe constamment avec la sollicitude que je leur dois : nous avons des liens
de charité, de prière, de bon conseil, avec le conseil général ;
mais rien qui fasse de ce conseil *une espèce de Comité directeur*, comme parle la circulaire.

Que fait donc le conseil général et quelle est son utilité ?

Il admet les conférences nouvelles, et leur fait connaître le
règlement.

Il empêche par là que des réunions, formées inconsidéré-
ment, n'abusent du nom de la Société de Saint-Vincent de
Paul, ne la compromettent auprès du public, ou ne la troublent
intérieurement : aussi l'admission par le conseil général est-
elle une condition, pour qu'une réunion de charité fasse partie
de la Société de Saint-Vincent de Paul et participe aux faveurs
spirituelles que l'Église lui accorde.

Le conseil général se borne à rappeler les conférences particulières à l'esprit du règlement, par des circulaires imprimées
dans un bulletin public que tout citoyen peut lire. Il répond
aux questions qu'on lui adresse, notamment sur les meilleurs
moyens d'assister les pauvres, d'instruire les apprentis, de
visiter les ouvriers, de répandre des livres utiles, de réhabiliter
les unions illégitimes, de récompenser les écoliers.

Comme il est le centre, il est l'expérience de la Société : à ce
titre, il signale les écueils qui ont été rencontrés, les œuvres qui
ont présenté plus d'inconvénients que d'avantages, celles qui,
au contraire, présentent des chances réelles de succès [1]. Si un
moyen nouveau a été employé avec un profit véritable pour les
pauvres, si une idée nouvelle s'est fait jour, cette idée, ra-
menée au centre, se répand bientôt au moyen du rapport
général. — Le but, la mission du conseil supérieur sont donc

---

[1] « Le conseil, dit le *Manuel*, *consulte plutôt les exemples donnés par
les Conférences plus anciennes que les inspirations personnelles de ses membres.* »

d'une immense et manifeste utilité : en réunissant les lumières de tous, il les met au service de chacun ; il prévient les difficultés, en éclairant à l'avance les questions qui intéressent toute la Société.

Vous dites que tout cela est inutile ; et moi je dis avec le bon sens, et l'expérience des œuvres de charité dont je m'occupe depuis trente-cinq ans : non-seulement cela est utile, mais cela est nécessaire ; et je me bornerai à vous en donner trois raisons pratiques et décisives.

Il y avait là d'abord pour les conférences de Saint-Vincent de Paul une utilité, une nécessité pratique évidente, relativement à l'exercice même de la charité.

Tant qu'on n'aura pas supprimé la misère dans le monde, la charité sera nécessaire à la société, devra venir au secours de ceux qui souffrent et qui pleurent, et suppléer à l'insuffisance de la politique. Un publiciste distingué, dont le courage égale le talent[1], écrivait récemment : « La charité seule « peut faire quelque chose pour combler l'immense intervalle « qui sépare le pauvre et le riche, et diminuer dans le cœur du « pauvre cette inévitable amertume que laisse aux âmes les « plus pures le spectacle de la répartition capricieuse des biens « d'ici-bas. »

Mais qu'on ne s'y trompe pas, c'est une science difficile que celle de la charité. Un écrivain sacré disait autrefois qu'elle demande une véritable intelligence : *Beatus qui* INTELLIGIT *super egenum et pauperem;* et saint Paul a été jusqu'à dire qu'il y fallait du génie : INGENIUM *charitatis.*

En effet, la charité mal faite entretient, augmente la misère ; bien faite, elle la diminue, la répare ; elle peut favoriser les vices ou encourager les vertus ; elle peut affaiblir les liens de la famille ou les resserrer ; elle demande un discernement, une entente et une persévérance particulière. La religion a inventé pour les misères involontaires et inévitables, pour la maladie, pour la vieillesse, des ressources incomparables ; elle a mis au chevet de tous ceux que ces maux cruels abattent, dans le cours

---

[1] M. Prévost-Paradol, *Débats* du 23 octobre.

ou à la fin de la vie, une femme qu'ils appellent : Ma sœur. Il n'y a rien de plus beau que cela.

Mais la pauvreté passagère, celle qui a besoin d'un coup de main, comme on dit très-bien, pendant le manque de travail, ou à un moment de faiblesse, ou pendant les premières années d'enfants nombreux qui ne peuvent pas encore aider leur père, cette pauvreté si digne de compassion, comment l'assister sans l'humilier ou sans la perpétuer? Si cela pouvait être par la visite à domicile d'un homme respectueux et intelligent, venant avec le besoin, se retirant avec lui, relevant le courage, la prévoyance et la piété, sources vraies du bien-être, apaisant la colère en même temps que la faim, n'exerçant pas un métier, et laissant après lui, comme un parfum, le nom de Dieu et le souvenir d'un service désintéressé, ne serait-ce pas la meilleure forme, la vraie forme de la charité? « La charité libre « sur laquelle le pauvre ne peut pas compter comme sur une « dette, mais qu'il peut accepter comme un témoignage affec- « tueux, la charité qui cause un effort à celui qui la porte « et n'inflige ni perte de temps, ni humiliations à celui qui la « reçoit, n'est-ce pas là, de l'avis commun des chrétiens, « des économistes et des gens de cœur, une forme de l'assis- « tance bien préférable aux enregistrements, aux distribu- « tions à la porte, aux crédits budgétaires de la bienfaisance « publique[1]? »

Eh bien! la Société de Saint-Vincent de Paul n'est pas autre chose que cette charité-là en action : la Société de Saint-Vincent de Paul est une tentative réussie pour introduire dans les habitudes régulières des riches cette visite à domicile des pauvres, pour conduire tous les chrétiens à changer un bon mouvement passager en une pratique persévérante, pour généraliser l'assistance assidue des malheureux, sans le secours des budgets et des administrations officielles.

Mais on n'a qu'un quart d'heure à donner à cette noble mission ; on est marchand, magistrat, père de famille ; on ne sait ce qui peut être tenté, on est isolé dans sa petite ville avec des désirs timides et des intentions inexpérimentées. N'est-il pas utile

[1] *Correspondant* du 25 octobre.

que quelques hommes, à Paris ou ailleurs, donnent à peu près toute leur vie, — il en est qui la donnent tout entière, — à conseiller ces tâtonnements, à indiquer ce qui a réussi ailleurs, à procurer ce qui manque, à garantir contre des abus, à éclairer dans des difficultés? Et si la tâche devient trop lourde pour un seul conseil, n'est-il pas naturel qu'il se dédouble, qu'il établisse en province d'autres centres plus rapprochés? C'est l'histoire, c'est le but du conseil général et des conseils provinciaux : vrais conseils qui conseillent et ne dirigent pas, ne nomment pas les présidents, comme la circulaire le prétendait, ne répartissent pas les ressources, mais maintiennent l'esprit, facilitent le progrès, resserrent l'union de tous.

Mais le Conseil général est si bien une nécessité, qu'il est né de lui-même, de la force des choses, sans qu'on l'ait voulu d'abord, poussé en quelque sorte par les progrès de l'Œuvre et par les besoins qui surgissaient.

Sur ce point d'une très-modeste histoire, il est permis à M. de Persigny d'être mal renseigné. Je ne résiste pas au bonheur de laisser raconter ces débuts, cette formation toute naturelle d'une si belle œuvre, par un de ceux que Dieu y a employés, qui n'a pas écrit, — puisqu'il n'est plus, hélas! — pour le besoin d'une cause, que sa mémoire, à défaut de sa parole, protége et recommande. Voici ce que je lis dans une lettre inédite de Frédéric Ozanam, écrite en 1836. On ne me reprochera pas, j'en suis sûr, la longueur de cette lettre : admirable de cœur et de charité chrétienne, elle dit d'ailleurs avec un accent de vérité irrécusable, et dans toute la sincérité d'un familier épanchement, ce qu'est au vrai cette Société de Saint-Vincent de Paul si méconnue, si calomniée en ce moment, et ce qu'est dans la société ce Conseil général brisé par la circulaire.

Frédéric Ozanam avait vingt-deux ans, lorsqu'il écrivait cette lettre :

A M. Janmot, peintre à Rome.

13 Novembre 1836.

. . . . Et nous, mon cher ami, ne ferons-nous rien pour ressembler à ces Saints que nous aimons, et nous contenterons-nous de gémir sur la stérilité de la saison présente ? Si nous ne savons pas aimer Dieu comme ceux-là l'aimaient, sans doute ce nous doit être un sujet de reproche, mais encore notre faiblesse peut y trouver quelque ombre d'excuse ; car il semble qu'il faille voir pour aimer, et nous ne voyons Dieu que des yeux de la Foi, et notre foi est si faible !

Mais les hommes, mais les pauvres, nous les voyons des yeux de la chair, ils sont là, et nous pouvons mettre le doigt et la main dans leurs plaies, et les traces de la couronne d'épines sont visibles sur leur front ; et ici l'incrédulité n'a plus de place possible, et nous devrions tomber à leurs pieds et leur dire avec l'Apôtre : « *Tu es Dominus et Deus meus :* » Vous êtes nos maîtres et « nous serons vos serviteurs, vous êtes pour nous les images sacrées de ce « Dieu que nous ne voyons pas, et ne sachant pas l'aimer autrement, nous « l'aimons en vos personnes. » Hélas ! si au moyen âge la société malade ne put être guérie que par l'immense effusion d'amour qui se fit surtout par saint François d'Assise ; si plus tard de nouvelles douleurs appelèrent les mains secourables de saint Philippe de Néri, de saint Jean de Dieu et de saint Vincent de Paul ; combien ne faudrait-il pas à présent de charité, de dévoûment, de patience pour guérir les souffrances de ces pauvres, plus dignes de compassion que jamais parce qu'ils ont refusé la nourriture de l'âme en même temps que le pain du corps venait à leur manquer ? La question qui divise les hommes de nos jours n'est plus une question de formes politiques, c'est une question sociale ; c'est de savoir qui l'emportera de l'esprit d'égoïsme ou de l'esprit de sacrifice : si la société ne sera qu'une grande exploitation au profit des plus forts, ou une consécration de chacun pour le bien de tous et surtout pour la protection des faibles. Il y a beaucoup d'hommes qui ont trop et qui veulent avoir encore ; il y en a beaucoup plus d'autres qui n'ont pas assez, qui n'ont rien, et qui veulent prendre si on ne leur donne pas. Entre ces deux classes d'hommes une lutte se prépare : et cette lutte menace d'être terrible : d'un côté la puissance de l'or, de l'autre la puissance du désespoir. Entre ces armées ennemies, il faudrait nous précipiter, sinon pour empêcher, au moins pour amortir le choc. Et notre âge de jeunes gens, notre condition médiocre, nous rendent plus facile ce rôle de médiateurs que notre titre de chrétiens nous rend obligatoire. Voilà l'utilité possible de notre Société de Saint-Vincent de Paul.

Mais pourquoi me perdre en vaines paroles, lorsque toutes ces choses-là vous avez dû les penser au pied du tombeau des SS. Apôtres ; lorsque vous dormez sur le cœur de l'Église mère des Églises, et que vous en ressentez la chaleur de plus près, et que vous respirez ses inspirations ? Vous avez déjà fait une œuvre excellente en établissant là-bas la conférence, et vous avez été servi par un admirable instinct, quand vous lui avez donné pour objet la visite des pauvres Français dans les hôpitaux de Rome. Dieu vous donnera la bénédiction qu'il donna lui-même à ses premiers ouvrages :

« Croissez et multipliez. » *C'est peu pourtant de croire, il faut en même temps s'unir; à mesure que la circonférence s'étend, il faut que chacun de ses points communique avec le centre par des rayons non interrompus.* Une Conférence, tu le sais, existe à Nîmes : une autre vient de se former à Lyon, nous sommes quinze, presque tous de tes anciens amis ; nous avons beaucoup de bien à faire, et nous en avons peu fait. Il y a cinq Conférences à Paris. *Il faudrait maintenant une correspondance qui nous ralliât tous.* Je ne sais si vous avez le règlement de Paris ; si vous le désirez, je vous le ferai avoir. En outre, à Paris, il y a des fêtes communes et des assemblées générales ; on pourrait s'y associer en assistant à la messe les jours de fête, et en envoyant à l'Assemblée générale un petit compte rendu des opérations faites jusque-là. Nous nous proposons de faire ainsi pour la prochaine fête de l'Immaculée Conception, 8 décembre. Ne pourriez-vous pas en faire autant et envoyer pour ce jour-là à M. Bailly (rue des Fossés-Saint-Jacques, 11), un court exposé de la formation et de l'état de votre œuvre ? Nos confrères de Paris s'en trouveraient bien heureux.

Ainsi pensaient ces admirables jeunes gens fondateurs des Conférences: on les prend là au vif, tels qu'ils étaient entre eux, dans le plus intime de leur âme et de leur cœur. Ils créèrent cette œuvre par le mouvement de la charité la plus pure, et pour conserver à l'abri de la charité les deux plus grands trésors de leur jeunesse, leur foi avec leur vertu.

Rien n'introduit en effet, rien n'entretient la foi dans l'âme, comme l'exercice de la charité. Aussi la Société de Saint-Vincent de Paul a donné, a conservé à l'Église une multitude de croyants; elle a produit l'admirable phalange, inconnue il y a quarante ans, des laïques pieux ; et voilà pourquoi, nous autres Évêques, et l'Église de France toute entière, nous lui devons une reconnaissance impérissable. Le roi Louis-Philippe avait coutume de demander quand M. de Montalembert entrerait dans les ordres. On ne comprenait pas alors le catholique fervent dans la vie du monde. C'est le caractère, ce fut la mission, c'est l'immense service de cette charitable Société, d'entretenir dans des milliers de citoyens la fermeté et la pratique des convictions chrétiennes; comme aussi d'offrir à des milliers d'hommes et de jeunes gens, dans une publique union pour la pratique sanctifiante des bonnes œuvres, la plus sûre garde de leur foi et de leur vertu contre le respect humain :

et c'est pourquoi ils voulaient *cette correspondance qui les ralliât tous,* comme disait Ozanam, ce Conseil général, qui était véritablement le cœur de leur œuvre, et les faisait battre tous, si séparés qu'ils fussent les uns des autres par l'espace, d'un même cœur pour les pauvres et pour Dieu.

Pour deux grandes raisons encore, le Conseil général était nécessaire : pour l'étonnante propagation que Dieu destinait à cette œuvre, et pour la fécondité non moins étonnante de son active charité.

Qui ne sait la merveille de cette rapide et incroyable propagation? Née en France d'une si humble origine, sortie un jour du cœur de quelques jeunes gens jaloux de mettre leur foi et leur chasteté sous la garde de la charité, cette petite œuvre, ce grain de sénevé devint bientôt un grand arbre. Porté par le souffle de Dieu sous tous les cieux et sur tous les rivages, partout le germe sacré s'est épanoui. Il y a aujourd'hui des Conférences en France, en Autriche, en Bavière, dans la Prusse, dans la Saxe, dans toutes les villes libres de l'Allemagne, en Belgique, en Danemark, en Espagne, en Grèce, en Angleterre, en Écosse, en Irlande, dans les îles Ioniennes, en Italie, à Malte, dans les Pays-Bas, en Suisse, dans la Turquie d'Europe et d'Asie, dans les Indes-Orientales, en Algérie, au Sénégal, dans l'île de la Réunion, dans l'Afrique anglaise, au cap de Bonne-Espérance, dans l'île Maurice, dans tous les États-Unis, au Mexique, au Canada, dans la Nouvelle-Écosse, aux Antilles anglaises, à la Martinique, à la Guadeloupe, dans la Guyane française, dans l'Uragay, dans l'Australie.

En tout, plus de 3,000 Conférences dans le monde entier.

Eh bien! je le demande à tout homme de bonne foi et de bon sens, une telle propagation était-elle possible sans un centre?

Et ce n'est pas seulement cette merveilleuse propagation qu'il faut admirer, c'est encore, au sein même des Conférences, cette prodigieuse fécondité de bonnes œuvres, auxquelles, sur tant de points du monde, se livrent les membres de Saint-Vincent de Paul avec un zèle incomparable. Ces bonnes œuvres, je dirai leur nom : elles embrassent l'ensemble de toutes les misères humaines, et tous les âges comme toutes les situations de la vie du pauvre.

Il y a les Crèches et les Salles d'Asile; le patronage des Orphelins; le placement des enfants pauvres chez les laboureurs; le patronage des Écoliers; l'instruction des enfants pour la première Communion; le patronage des jeunes Savoyards; le patronage des Apprentis; le patronage des Enfants dans les manufactures; l'instruction des jeunes gens; le patronage des jeunes Libérés; le patronage des Compagnons; le patronage des Ouvriers; la visite des Pauvres à domicile; le vestiaire; la lingerie; le logement des Pauvres; le Couchage; le Placement; le Bureau d'Affaires; le Travail; la Caisse d'épargne et d'économie; la Caisse des Loyers; la Caisse de Secours mutuels; les Secours médicaux; le Fourneau économique des Pauvres; le Mariage des Pauvres; l'Avocat des Pauvres; l'Instruction des Pauvres; la Réunion de la Sainte-Famille; les Bibliothèques; les Almanachs; les Écoles d'Adultes; les Secours extraordinaires; les Mendiants; les Pauvres honteux; les Réfugiés; les Voyageurs; la Visite des prisons; les Condamnés à mort; la Visite des hôpitaux; les Asiles pour les Vieillards; la Maison de Nazareth; les soins aux mourants; les funérailles des Pauvres.

Eh bien! devant cette multiplicité de Conférences et de bonnes œuvres, qui osera soutenir qu'un centre de vie et d'unité, qu'un lien commun, pour rattacher entre elles tant d'associations disséminées, ne fût pas de la nécessité la plus rigoureuse? J'affirme, moi, que sans cette organisation que l'on incrimine, sans une action centrale, sans des communications réciproques du cœur aux extrémités et des extrémités au cœur, la Société de Saint-Vincent de Paul, telle que nous l'admirons aujourd'hui, n'existerait pas; j'affirme que s'il n'y avait eu que des Conférences dispersées, des Sociétés individuelles, isolées, petites, à Orléans ou ailleurs, cet incomparable épanouissement de la charité dans le monde n'eût jamais été; j'affirme que c'est de ce conseil central et général que partait la lumière, la sagesse de la pratique et de l'expérience, l'encouragement, l'initiative, le mouvement, l'action, la flamme, le souffle inspirateur et vivificateur. C'est ce Conseil qui a été le fondateur d'un grand nombre de Conférences, le devancier et le guide de toutes; en un mot, c'est là l'organe vital, le cœur même de la Société : c'est pourquoi, en le supprimant, vous avez frappé la Société au cœur.

Mais quoi! est-ce bien dans un pays comme le nôtre, est-ce à un Ministre de l'Intérieur en France, que je m'applique à démontrer les avantages d'une centralisation? Qu'est donc ce Ministre, sinon le représentant d'une centralisation énorme? Qu'est donc la circulaire, sinon un essai de centralisation substituée à une autre, la centralisation de l'État appliquée à un nouveau domaine, jusque-là demeuré libre, au domaine de la charité? Les conseils provinciaux, le conseil supérieur, vous les comprenez s'ils émanent de vous ; s'ils sont libres, vous ne les comprenez plus. Vous les soupçonnez d'être des réunions politiques quand ils restent en dehors de vous ; mais ne le seront-ils pas devenus, quand ce sera vous qui les aurez institués ?

Et ces journaux qui attaquent la Société de Saint-Vincent de Paul, ne sont-ils pas des exemples monstrueux de centralisation? De quel droit Monsieur tel ou tel du *Siècle* vient-il, de Paris, sans autre privilége que son traitement, dire à Orléans, à la place du journal de la ville, ce qu'il faut penser et faire? Ainsi on peut poursuivre de ses outrages l'Église et les œuvres les plus pures, et alimenter de tout cela un million de lecteurs ; mais porter son pain et son argent à un million de pauvres, quel abus !

Mais quoi donc! ne devrait-ce pas être plutôt une grande joie pour des Français de penser que cette belle œuvre est née en France, est sortie du sol, du sang, de l'âme de la patrie! Aimeriez-vous mieux qu'elle eût un centre à l'étranger, au lieu de voir tous les chrétiens étrangers tendre la main à cette libre institution française ?

Vous voulez que la France soit à la tête de tous les arts, de toutes les grandes choses? Pourquoi vous déplaît-il qu'elle soit la première dans l'art de la charité? L'an prochain, lorsque s'ouvrira, à l'occasion de l'Exposition universelle de Londres, un *Congrès international de bienfaisance*, serons-nous condamnés à dire : Seule entre toutes les nations, la France avait produit une admirable société de bienfaisance, libre, laïque, cosmopolite, sans distinction de frontières, de races ou de climats, un corps de volontaires destinés à faire une guerre publique, pacifique et chrétienne, à la misère, au vice, à l'ignorance. Mais celui de nos Ministres qui connaît le mieux l'Angleterre a prohibé cette société. Serons-nous condamnés à tenir ce langage ?

On permettra enfin ici à un Évêque d'invoquer une raison religieuse, bien que je désespère de la faire goûter des journaux dont je parle.

Les catholiques aiment à mettre en commun leurs prières, leurs actions, leurs mérites ; ils attachent à cette communauté le plus grand prix. L'humble habitant d'une petite ville de mon diocèse qui lit le bulletin de la Société de Saint-Vincent de Paul est fier, il est ému, lorsqu'il apprend[1] que dix-sept Conférences se sont établies à Québec, quatorze à Mexico, d'autres à New-York ; lorsqu'il pense qu'il n'est pas un jour de l'année où, sur quelque point du monde, des chrétiens réunis sous l'invocation du même Saint, dans l'observation d'un même règlement, prient pour lui, travaillent avec lui, comptent sur lui : s'il m'est permis d'adresser ici la parole à M. de Persigny, il éprouve quelque chose de ce que vous éprouvez, Monsieur le Ministre, quand vous vous dites que vous êtes de la même race que les soldats de Magenta et de Sébastopol.

Ce bonheur de l'union dans la foi est le bien véritable des membres de Saint-Vincent de Paul ; il est l'explication de l'empressement que ressentent les catholiques de tous les pays à entrer en rapport avec des Français qu'ils ne verront jamais, qu'ils ne connaissent même pas de nom, mais qui les ont précédés dans un sillon sur lequel est tombée une bénédiction de l'Église.

En ce moment même, être calomniés, être dispersés, être sacrifiés, cela n'est rien, j'en suis sûr, pour les membres des conseils que l'on veut dissoudre ; mais voir jeté au vent ce trésor secret de leur âme, voir rompre ces liens doux et cordiaux formés par tant d'années d'innocente confraternité, c'est,

[1] Numéro d'octobre 1861.

avec la douleur d'être précédés par la calomnie au foyer des pauvres, c'est la principale souffrance des hommes honorables que la circulaire vient de frapper.

Et maintenant, quand même je n'aurais pas réussi à démontrer que l'organisation actuelle de cette société est utile, qu'importe? Est-elle nuisible, est-elle dangereuse, est-elle coupable? Voilà la question. Car il ne s'agit pas de savoir si les membres des conférences ont tort ou raison de tenir à des Conseils inutiles, il s'agit d'établir si ces Conseils menacent l'Etat. Or, j'attends cette preuve.

IV

Mais la Société est illégale, elle n'a qu'à se faire autoriser. — C'est là le grand argument; et les journaux répètent: Qu'elle se fasse autoriser, et, bien loin d'être détruite, elle est sauvée. De quoi se plaint-on?

Déchirons cette équivoque.

L'association, telle qu'elle est constituée, avec ses règlements et ses conseils, vous n'en voulez pas.

Même les petites réunions dont elle se compose seront dissoutes, si elles ne se font pas autoriser? Ainsi les réunions locales ne vivent que sous condition, l'association générale ne vit plus. Voilà, monsieur le Ministre, la vérité.

Oui, si la circulaire du **16** octobre s'exécute à la lettre, tels sont les résultats:

Aucune ancienne conférence ne peut subsister sans votre agrément.

Aucune nouvelle conférence ne peut être établie sans votre agrément.

Aucun rapport entre des conférences ne peut être noué sans votre agrément.

Aucune confraternité ne peut se former entre toutes les conférences sans votre agrément.

La charité collective était libre, elle ne l'est plus.

La Société de Saint-Vincent de Paul était une, elle ne l'est plus.

Je ne sais pas si c'est là ce que vous voulez. J'affirme que c'est là ce que vous faites.

Mais pourquoi les conférences ont-elles tant tardé à demander l'autorisation? La réponse est facile.

Un certain nombre de Conférences a demandé cette autorisation, à différentes époques. Que M. le ministre de l'intérieur ouvre les cartons de son ministère, il verra que c'est le gouvernement qui l'a refusée. La jurisprudence du Ministère de l'Intérieur était de *tolérer* les sociétés charitables de ce genre, sans les *autoriser*.

Cependant, la plupart des Conférences n'ont pas demandé l'autorisation, et répugnent même à la demander. Pourquoi? il est facile de le dire.

D'abord, ces conférences, étant essentiellement charitables, et ne voulant être que cela, n'entendant faire de la politique ni pour ni contre personne, ont préféré se tenir éloignées de tout ce qui aurait l'air de leur donner une couleur politique quelconque.

Et puis, qu'est-ce que cette autorisation, à laquelle la circulaire aujourd'hui entend les soumettre sous peine de dissolution?

Il faut bien le savoir et ne pas faire ici d'équivoque.

Ce n'est pas une *reconnaissance légale* qui donne des droits, mais une simple *permission de police* toujours révocable.

Eh bien! on a préféré à cette permission de police une tolérance même précaire, dont on avait la conscience de n'user que pour le bien : on n'a pas eu de peine à croire que la notoriété de l'œuvre et le silence de l'administration équivalaient à cette permission; on s'est persuadé, d'ailleurs, que la loi n'était pas faite contre les réunions de pure bienfaisance, et qu'on ne pourrait jamais songer à tourner, contre les bienfaiteurs des pauvres, des armes préparées contre les malfaiteurs politiques; on s'est figuré encore que la liberté de la charité était de plus en plus un progrès acquis, par les mœurs publiques, sur la sévérité surannée de certaines lois : on a eu le tort enfin de supposer que le visa d'un commissaire était suffisamment remplacé par une approbation épiscopale.

Mais quoi? Est-ce que les Evêques de France, indépendamment de leur caractère, n'ont aucun titre *légal* à la confiance du gouvernement? L'Eglise, par le concordat, a concédé à l'Etat le droit énorme de choisir, de nommer ses Evêques : en vertu du concordat, l'Etat nous nomme, et il se méfie de nous; notre approbation épiscopale n'est rien pour lui. Tous les Evêques de France, nommés par lui, ont encouragé, approuvé, béni cent fois ces œuvres charitables, qui sont essentiellement de leur compétence. Tout cela est non avenu aux yeux de l'Etat, et *il est devenu indispensable* d'y mettre ordre, en substituant à la publique autorisation de tous les Evêques, celle des commissaires de police !

Certes, les sociétés de charité sont quelque peu excusables de ne s'être pas douté d'une pareille nécessité; et pour mon compte j'avoue qu'il me faut un effort d'esprit pour deviner qu'en France, au xixe siècle, la charité doit prendre les ordres de la police, sous peine d'être supprimée.

Pour une autre raison enfin, on s'est abstenu de demander l'autorisation.

On a cru essentiel de conserver à la charité libre des allures libres, parce que l'autorisation, qui n'est une garantie ni pour les sociétés, ni pour l'autorité, est une cause de suspicion auprès des pauvres. On a beau faire, les vertus qui ont une attache officielle leur plaisent moins ; dans son pauvre foyer, étroit et précaire refuge de son indépendance, l'ouvrier aime à recevoir les visites d'un chrétien, et moins celles d'un fonctionnaire. Sa susceptibilité à cet égard est excessive. Quoi qu'on fasse, il voit, derrière l'homme officiel, cette figure de l'État, qui lui apparaît trop habituellement, non sous l'habit du guerrier qu'il admire, ou sous la toge du magistrat qu'il respecte, mais sous les traits du commissaire qui lui est peu agréable, ou du percepteur qui l'attriste.

Ainsi, la charité répugne à prendre une patente, parce que la pauvreté suspecte la charité patentée.

Tout cela est fort bon, dites-vous; mais la loi est la loi, et le premier devoir du citoyen est de se soumettre à la loi.

Expliquons-nous franchement encore sur ce point.

Certes, le respect de la loi, ce n'est pas nous qui voulons y

3

porter atteinte : ce n'est pas nous qui donnerons jamais l'exemple du mépris des lois du pays. Les lois même qui ont besoin d'être améliorées, changées, nous comprenons qu'il y faut du temps, et cependant nous proclamons qu'on doit les respecter et leur obéir.

Mais quelle est la légalité à laquelle on nous renvoie?

Certes, ce n'est pas la peine que Napoléon Ier ait rétabli l'Eglise catholique en France par le Concordat, si on ne laisse pas cette Eglise un peu librement porter ses branches et ses fruits. Ce n'est pas la peine que nous déposions la foi et la charité dans des milliers d'âmes, si l'on ne souffre pas qu'elles les propagent, et qu'elles mettent en pratique la charité.

Nous sommes placés dans une situation qui est un véritable piége.

La société a un besoin immense de nous.

La politique a de nous une peur démesurée.

Quand on va au fond des choses, on voit que nous sommes sollicités de tous les côtés. Nous ne suffisons pas aux demandes. Nous n'avons ni assez de prêtres pour les âmes, ni assez de maîtres pour les écoles, ni assez d'œuvres pour les pauvres, ni assez de missions pour les colonies, ni assez de dévoûments pour les prisons et les bagnes, ni assez de science pour résister aux ravages du faux savoir, ni assez de ressources dans les crises industrielles et les malheurs publics, et surtout jamais assez de forces contre ces ennemis éternels de l'humanité, l'ignorance, la misère, le vice, la mort. On nous appelle, on nous presse, on nous désire, *in tribulationibus, in necessitatibus, in angustiis, in plagis, in carceribus, in seditionibus, in laboribus, in vigiliis, in scientia, in caritate* [1]. Au fond de cette nation si fière, si riche, si rieuse, si incrédule, il y a des abîmes d'immoralité, d'indigence, de colère, de chagrin, de tourments d'esprit que l'on nous conjure de combler. Voilà la vérité. Et puis quand nous accourons, on nous repousse.

Certes, je suis l'admirateur, à plusieurs points de vue, de la société moderne; je n'en suis pas le flatteur. Son caractère

[1] S. Paul, Épître aux Corinth., VI, 4.

propre aura été de tout remuer, idées, lois, institutions, édifices, formes politiques, conditions sociales. Croit-on que dans ce grand mouvement la vie morale soit bien assurée ?

Je lis les économistes ; quand ils parlent des rapports entre les ouvriers et les maîtres, pas un qui ne s'écrie : « La religion serait là bien nécessaire pour apaiser un sourd antagonisme. »

Je lis ceux qui écrivent sur la misère ; pas un qui ne s'écrie : « Voilà de quoi exercer les vertus que la Religion inspire. »

Je lis les moralistes, qui peignent avec effroi les ravages du luxe dans les hautes classes, les dangers de l'imprévoyance et du vice dans les classes laborieuses ; pas un qui ne s'écrie : « Il est bien nécessaire que la Religion leur enseigne à se modérer et à prévoir. »

Ecoutez les pères de familles qui cherchent où est le respect, les mères qui voudraient sauver dans leurs fils la pureté, les pauvres qui demandent où est la bonté, les marchands qui ont besoin de la loyauté, les plaideurs qui réclament la justice de leurs adversaires : tous regrettent que ces vertus ne découlent plus de la source pure de la Religion ; tous sentent amèrement la nécessité de la venue du Dieu vivant sur la terre et de sa présence réelle au fond des cœurs.

Mais, pendant que la société tend les bras à la Religion, qu'elle s'en montre altérée et affamée, sous les pas de cette fille du ciel, voici la légalité qui tend savamment ses réseaux et ses entraves. Sans nous occuper d'autre chose en ce moment que de la bienfaisance, disons-le hautement : Tout ce que nous faisons est un besoin, et tout semble un délit ; tout est nécessaire, et tout paraît illégal.

Je donne ; la mendicité est interdite. Je demande ; les quêtes sont défendues. Je m'associe à vingt amis ; les associations sont prohibées. J'entre dans une vaste société, bien connue, bien publique, bénie par les Évêques du monde entier ; elle est un péril mystérieux pour l'État. Je réunis des enfants pour leur apprendre à lire ; délit. Je distribue des livres ; délit. Orphelinat, s'il y a des classes, délit. Ouvroir, si l'on y enseigne à compter, délit. Je donne aux pauvres de mon choix ; la commune hérite. Je donne une somme, elle est mise en rente. Je donne une rente, elle est inscrite au nom de la commune. Je veux fonder une école : autorisation du Conseil, du maire, de l'inspecteur, du Préfet, du Conseil d'État, du Ministre, de l'Empereur.

Si je donne à ma Fabrique, me confiant à l'art. 76 des *lois organiques* qui la déclare apte à *l'administration des aumônes*, la jurisprudence annulle mon don. L'Evêque dans son diocèse, le Curé dans sa paroisse, ne peut rien recevoir, rien posséder, rien fonder, rien transmettre au nom des pauvres; « leurs œuvres doivent mourir avec eux [1]. » Si un vivant ou un mourant leur confient une intention pieuse, la main de l'Administration s'ouvre pour la recueillir. Encore doivent-ils s'estimer heureux que leur don tombe dans la main de quelqu'un, sans quoi il tomberait par terre.

J'entends avec plaisir exalter bien souvent, et par M. le Ministre de l'intérieur plus que par personne, toutes les institutions populaires de ce temps. Eh bien! il n'en est pas une qui n'ait commencé par une illégalité. Le fondateur de la première salle d'asile a violé la loi sur l'instruction primaire. Le fondateur de la première société de secours mutuels a violé la loi sur les associations. S'ils ont payé de leur poche les premières dépenses, n'ont-ils pas violé la loi sur les donations?

Certes un célèbre publiciste, dont la voix ne peut être ici suspecte, M. Benjamin Constant [2], a eu quelque droit d'écrire: « Dans notre pays, il n'y a pas une seule question simple et « légitime, pas un sentiment naturel qui n'ait été l'objet d'une « loi pénale, pas un devoir dont une loi n'ait prohibé l'accom-« plissement. »

Et Tacite qui n'était pas non plus, quoi qu'on en ait dit, un mauvais citoyen, avait aussi écrit: *Corruptissima respublica plurimæ leges :* c'est la corruption et la ruine des États que la multitude des lois.

Ce n'est pas tout. La loi est sévère, elle lie les pieds et les mains. Mais trop souvent la manière dont la loi est appliquée est plus pénible encore. Il y a, qu'on me pardonne ce mot, des *veines* de bonne volonté pendant lesquelles on nous tolère, on

[1] M. de Melun, *Annales de la charité,* 1852, p. 65.
[2] Benjamin Constant, *Réflexions sur les Constitutions.*

nous encourage, même on nous remercie; nous mettons tous nos dévoûments en campagne ; nous fondons, nous labourons, nous semons. Si d'ailleurs nous demandons des garanties, des lois, des décrets, des arrêtés, on nous répond : « Non, cela « n'est pas nécessaire ; soyez tranquilles, comptez sur nous, on « ne vous inquiétera pas. » Ce sont ces jours de beau temps qui nous perdent. Bonnes gens que nous sommes, nous nous confions, nous nous dévouons, nous nous dépensons. Puis un vent contraire vient à souffler, et les mêmes hommes, ou leurs successeurs, mais quelquefois les mêmes hommes, qui nous refusaient des garanties, nous reprochent de n'en pas avoir. Ne faisons pas de lois pour eux, s'était-on dit ; puis on en ressuscite contre nous Ne leur accordons pas de droits ; puis on nous fait un crime de n'avoir pas de droits. Ne leur prêtons qu'une vie illégale : et par là on demeure maîtres de déclarer, quand on le voudra, notre mort légale.

Il n'y a pas une industrie qui puisse accepter un pareil régime de bon plaisir. Il est celui de la Charité en France.

Mais si j'expose avec cette franchise ce qu'est la loi, en matière d'association et de donations charitables, croyez-vous que je ne la respecte pas? Croyez-vous même que j'en désapprouve toutes les dispositions? Nullement.

J'approuve ce qui est dans l'intérêt réel des familles, parce que j'aime encore mieux la famille, cette association formée de la main de Dieu, que toutes les associations les plus respectables. Mais je déplore ce qui a été évidemment conçu dans un sentiment de défiance injuste et surannée.

Et quant à la loi sur les Associations, ne peut-on pas se demander si elle est réellement applicable aux associations de charité? Certes, les Associations avaient pu ne pas le penser. Il y a cinquante ans que le Code pénal est fait, et on ne leur avait pas appliqué l'article 291. Pendant quatorze ans, le gouvernement qui a proposé la loi de 1834 les a laissés vivre; et le gouvernement républicain qui l'a remplacé les a déclarées libres. Elles n'avaient pas été inquiétées depuis dix ans que le décret de 1852 a été promulgué. Elles avaient donc une juste raison de croire que ni le Code pénal, ni la loi de 1834, ni les décrets de 1852, n'avaient en vue la charité.

Quoi qu'il en soit, on peut dire que si telle est la loi sur les associations, appliquée aux associations religieuses de charité, cette légalité survit au sentiment qui l'inspira. Elle est la légalité d'un temps où l'on voulait chasser la religion de partout. Pour le dire en deux mots, la loi sur les associations a été faite en haine des couvents, et elle a été maintenue en haine des clubs.

Les réunions de charité ont été prises innocemment entre ces deux haines, et sacrifiées sans motif à ces deux proscriptions. En remontant la généalogie de cette législation, on voit qu'elle remonte en ligne directe au décret de 1792, ainsi conçu :

« Considérant qu'un État vraiment libre ne doit souffrir dans « son sein aucune corporation, pas même celles qui ont bien « mérité de la patrie, etc. »

Renouvelée en 1810, en souvenir des Jacobins, en 1834, à cause des sociétés secrètes et des complots, réformée en 1848 dans un meilleur esprit, elle a été reprise en 1852, en souvenir des socialistes. La loi de 1848 distinguait : elle proscrivait les sociétés secrètes et politiques, elle déclarait libres les Sociétés de bienfaisance. Le décret de 1852 ne distingue pas : on avait peur alors, il fallait des mesures de rigueur pour sauver la société ; il fallait poursuivre la politique sous toutes les formes; mais on promettait, pour un avenir prochain, que la liberté couronnerait l'édifice; on faisait appel à la religion, à la charité, pour panser des plaies douloureuses. C'est dix années après, à la fin de 1861, que l'on déclare le décret de 1852 applicable aux sociétés religieuses et charitables.

Mais de quoi vous plaignez-vous, dit-on? vous reconnaissez vous-même qu'il y a cinquante ans que c'est la loi.

Cela est vrai, mais il y a cinquante ans que les gouvernements et les mœurs, plus libéraux que la loi, ne l'appliquent pas aux sociétés de charité. Il y a cinquante ans que les législateurs et les jurisconsultes sont d'accord pour modifier l'esprit de la loi sur ce point. En 1850, dans son mémorable rapport sur l'assistance publique, M. Thiers écrivait (p. 110) :

« Nous n'entendons pas que l'État doive interdire telle ou « telle société, parce qu'elle ne sera pas venue lui soumettre

« ses statuts, lui demander son attache, non assurément.
« Lorsqu'il s'agit de bienfaisance, l'État doit respecter, encou-
« rager la liberté, car le bien, pour qu'on le fasse volontiers,
« doit être fait librement. » Voilà du bon sens.

Voici l'opinion d'un Conseiller à la Cour de cassation, qui pourtant n'ose pas demander l'abrogation de la loi des associations :

« Cette législation est sévère. Elle restreint une liberté d'action
« naturelle ; elle ôte aux forces individuelles les développe-
« ments de puissance qu'elles acquerraient en s'unissant ; elle
« érige en contravention un fait innocent, qui ne devient cou-
« pable que si l'adjonction d'une pensée de délit l'envenime,
« et qui, dégagé de cette circonstance étrangère, n'est répré-
« hensible que parce qu'il enfreint une prohibition née d'un
« texte de loi [1]. »

Enfin, dans le livre éloquent, élevé, et courageux qu'il vient de publier, M. Guizot place la liberté d'association au nombre des corollaires indispensables de la liberté religieuse.

C'est au milieu de ce progrès des esprits, de ce besoin des sociétés, après cinquante ans de libre existence, sous le gouvernement le plus fort matériellement qu'ait eu la France pendant ces cinquante ans, que, brusquement, inopinément, nous voilà rejetés au delà de 1852, au delà de 1834, au delà de 1810, jusqu'aux origines de ce vieil esprit de défiance, qui écrivit un jour, dans les lois françaises, des dispositions qu'on peut résumer ainsi : *Les hommes bienfaisants sont des hommes dangereux!*

J'entends des journalistes qui applaudissent et s'écrient : Il faut que les catholiques s'habituent et se soumettent au droit commun. Soit : mais un mot, en passant, aux journalistes.

Je ne manquerai pas d'abord de rendre grâces aux nombreux publicistes de Paris et des départements qui, sans professer les sentiments de religion que je leur souhaite, ont défendu nos associations charitables, par amour sincère, courageux et logique de la vraie liberté. Une scission remarquable s'est faite, à cette

[1] M. Renouard, *Du droit industriel*, p. 196, 1861.

occasion, entre les libéraux et les démocrates. Sans avoir aucune expérience des choses de la politique, j'avais toujours
fait une profonde différence entre les libéraux, que le sentiment
de la justice élève au respect pratique de la liberté d'autrui, et
les démocrates, qui, sous le nom de liberté, veulent une égalité
niveleuse, et une autorité oppressive. Ce n'est pas seulement
aux États-Unis que les démocrates sont des partisans de la ser-
vitude. Dans de graves occasions de ma vie, j'ai vu la liberté
rendre à la religion des services que je n'oublierai jamais. Ce
nouveau témoignage mérite de notre part gratitude et réci-
procité.

Quant aux journalistes démocrates, ils n'ont, ce me semble,
jamais été mieux surpris en flagrant délit d'inconséquence et
de passion.

Ils nous rappellent au droit commun, et ils savent bien
qu'en cette matière, le droit commun, c'est qu'il n'y a de droit
réel pour personne.

La haine les rend donc infidèles à leurs propres principes,
comme on le leur a énergiquement rappelé[1]. La haine les
fait, hélas! descendre à de bien autres excès. Ils ont osé
appeler l'aumône, la sainte, discrète, et fraternelle aumône,
une propagande par la faim; ils ont osé prétendre que les chrétiens placent les pauvres entre l'hypocrisie et la famine. Puis
ce sont les mêmes journaux qui font la guerre à un courageux
Évêque, parce que sa bonne foi a été trompée, et qu'il a pris un
coupable pour un innocent! Et vous! vous les amis de ceux qui
ont fait des héros de Milano et d'Orsini, que faites-vous donc?
Vous, qui travestissez chaque jour des innocents en coupables,
et brûlez votre encens devant le pouvoir, quand il frappe en
se trompant des honnêtes gens qu'il croit dangereux. Erreur
pour erreur! Ah! je demande à Dieu, comme les anciens magistrats, la grâce d'acquitter plutôt cent coupables que de
poursuivre et de condamner, comme vous, un seul innocent!

Le droit commun, dites-vous?

Oui, mais l'égalité dans l'application du droit commun.

[1] M. Pelletan, *Courrier du Dimanche.*

Était-ce le droit commun qui exigeait une circulaire publique? S'il s'agissait d'une simple régularisation administrative, pourquoi ne pas écrire aux Préfets par la correspondance ordinaire? Pourquoi qualifier, marquer, cette Société et ses membres, avant de les autoriser? Pourquoi cette sorte d'affiche à leur porte, afin d'effaroucher les timides, d'écarter les fonctionnaires, d'arrêter les nouvelles recrues, de discréditer les persévérants?

Si c'est le droit commun, pourquoi supprimer le conseil supérieur d'une société chrétienne, en maintenant le grand orient de la franc-maçonnerie, société qui fait « profession « d'être essentiellement secrète, qui parle par signes, et qui « écrit en chiffres, qui enveloppe de mystérieuses initiations « un but mystérieux, qui donne à dîner à ses membres au moins « autant qu'à ses pauvres, qui ne publie pas de comptes, pas de « rapports, qui n'admet pas d'étrangers à ses assemblées, qui « ne peut pas se mettre d'accord depuis un an sur le choix de « son grand maître : non, cette société là, elle est déclarée « *bienfaisante, publique, fonctionnant avec calme, animée d'un ex-* « *cellent esprit.* [1] »

Qu'il y ait des francs-maçons de bonne foi, je n'en doute pas. J'ai trop l'habitude et le respect du cœur humain, pour ne pas découvrir ses instincts profonds et ses besoins sérieux jusque dans ses erreurs et dans ses singularités. Je crois donc qu'il y a des francs-maçons honnêtes, qui obéissent à l'esprit d'association, au plaisir d'être unis à leurs semblables par des liens plus intimes que ceux qui les rapprochent dans la vie, et qui ne savent même pas que l'Église a condamné la franc-maçonnerie. Il y a même parmi eux des hommes bons, secourables, et qui, sans avoir franchi tous les degrés qu'ils ne franchiront jamais, obéissent simplement au désir de faire quelque bien et d'aider leurs semblables. On a dit que c'était la contrefaçon de la charité, et la copie défigurée de la fraternité chrétienne. J'irai plus loin, et je suis même convaincu que pour plusieurs, c'est un vague besoin de remplacer la religion absente : seulement, il n'y a là qu'une ombre bien fausse de religion. Religion vrai-

[1] *Correspondant*, 25 octobre.

ment trop commode, et singulièrement attrayante au cœur de l'homme, puisqu'elle n'est pas sans mystères, et qu'elle est sans commandements. Qu'ils me permettent de le leur dire: ils se trompent de route; ils cherchent là ce qui n'y est point, et ce que leur conscience n'y trouvera pas. Gens sans malveillance, mais trompés : si d'autres, qui malheureusement s'appuient de leur concours, ont d'autres pensées et un autre but, et mériteraient d'être sévèrement jugés, je dirai que ceux dont je parle m'inspirent d'autres sentiments : je les voudrais chrétiens ; mais il est triste de les voir dans une pareille illusion, et, qu'on me passe cette expression qui seule rend bien ce que je veux dire, de les voir prendre la lampe d'une salle à manger pour la lampe d'une église.

Quoi qu'il en soit de cette religion des loges, s'il vous plaît que les loges vivent, cela est votre affaire. Je serais bien aise même que les démocrates missent mon équité à l'épreuve, en même temps que leur charité. Qu'ils fondent des réunions publiques de bienfaisance, qu'ils donnent aux malheureux leur temps, leur argent, leur cœur; je les attends, je les appelle. Je demanderai pour eux le droit commun, plus même que le droit commun.

Je suis prêt à me soumettre au poids et à la mesure qu'on voudra, pourvu qu'il n'y en ait pas deux. Dans ce cas, je suis fondé à me plaindre, en même temps qu'il me sera bien permis de souhaiter qu'on n'éternise pas, dans un pays de liberté et de justice, des lois que le respect des vertus chrétiennes et le progrès des mœurs sociales demandent de modifier.

Je terminerai par deux conclusions. L'une est un conseil aux catholiques, l'autre un appel à la justice du gouvernement.

Que les catholiques ne se laissent plus rassurer par la douceur des mœurs contre la sévérité des lois. Parce que l'air est assez libre au-dessus de leur tête, qu'ils n'oublient pas combien le terrain est étroit sous leurs pieds. Qu'ils ne commettent pas la faute de préférer à des droits qui durent et profitent à tous, des faveurs qui passent et excitent l'envie de ceux qui ne les reçoivent point. Qu'ils s'unissent publiquement, patiemment, légalement, à tous ceux qui demandent que la législation française, dans tout ce qui touche à la liberté, s'élargisse et s'étende, que le droit commun, resserré par des terreurs ou des rancunes surannées, s'ouvre et se dilate, que la répression prenne la place de la prévention, que l'administration rende son rôle à la justice.

Jusque-là, si étroit que soit le droit commun, respectons-le. *Lex dura, sed scripta.*

Toutefois, et au moins, nous pourrions demander que ce droit soit appliqué équitablement. Si la Société de Saint-Vincent de Paul et les autres font le mal, qu'on le prouve et qu'on les poursuive. Mais si elles font le bien, qu'on leur laisse leur libre existence. Si vous autorisez les réunions locales en dissolvant le conseil supérieur qui les relie, ne dites pas que vous faites rentrer cette société dans la loi, vous la faites rentrer dans le néant. C'est un corps sans tête, un arbre sans tige. Vous ne sauvez pas même les apparences, et vous tuez la réalité.

V

Malgré mon désir de m'en tenir à des raisons générales, je ne puis me défendre de quelques paroles plus directes, plus vivantes, si je puis employer ce mot.

L'Empereur recevait dernièrement dans l'un de ses palais deux rois, tous deux protestants, et souverains de nations protestantes. Sous le sceptre du roi de Prusse, la Société de Saint-Vincent de Paul, bien qu'elle ait son centre en France, vit libre, florissante et tranquille, ainsi que plusieurs autres grandes sociétés catholiques qui embrassent toute l'Allemagne. Le roi de Hollande l'a autorisée à posséder, à recevoir, comme une personne civile. Le gouvernement d'un Souverain catholique et français se défiera-t-il d'une institution française et catholique, encouragée par des souverains étrangers et protestants!

Mais non. Parmi bien des paroles dites par l'Empereur, et que les évêques ont gardées dans leur mémoire, il en est deux qu'il me sera permis de rappeler ici. L'Empereur a dit : « C'est

me servir que de servir l'ouvrier et le pauvre. » Il a dit encore : « Il faut que les méchants tremblent et que les bons se
rassurent. » Il a écrit ailleurs : « Plus l'opinion confie de pouvoir à un gouvernement, plus il peut se dispenser d'en faire
usage [1].» Si j'ai combattu hautement dans nos dernières luttes,
c'est que les plus grands intérêts de la Religion étaient en
cause. Mais je rends ce témoignage à l'Empereur, je le crois
incapable de ces taquineries subalternes. S'il eut fallu un décret, il ne l'eût pas signé. J'en appelle à l'Empereur mieux informé.

J'en appelle aussi aux collègues de M. le ministre de l'intérieur.

Qui donc compose le conseil des ministres? Des hommes
de loi, sachant bien qu'il ne faut pas pousser à l'extrême
l'application des lois; qu'elles contiennent toujours une part
de menaces, dont il est bon de n'user qu'à la dernière
extrémité ; qu'il ne faut ni toujours tout frapper, ni sé-
vir sans relâche ; des hommes, ayant appartenu aux anciens
régimes, et qui ont dû se persuader difficilement que ce qui n'a
point inquiété le roi Louis-Philippe, le général Cavaignac ou
M. Ledru-Rollin, puisse faire trembler le Gouvernement impé-
rial ; des hommes de guerre, qui sans doute se prennent à sou-
rire, quand on leur affirme que la France est menacée, parce
qu'une association charitable n'est pas autorisée, et que tout
sera sauvé après cette autorisation ; des pères de famille dont
quelques-uns peut-être, un jour, ont souhaité que la jeunesse
de leur fils fût protégée, au sein de quelques associations chrétiennes, par quelques bonnes actions; des hommes encore jeunes, qui ont certainement rencontré et respecté plus d'un de
leurs contemporains, engagés dans ces sociétés dangereuses.
En vérité, il n'y a, dirait-on, que M. le ministre de l'intérieur
qui ait vécu assez longtemps loin de la France pour n'avoir pas
une idée nette de cette société, et de toutes celles qu'il a nom-
mées, et pour y voir un péril public. Encore dois-je me souvenir, et lui-même nous l'a rappelé dans des circulaires libérales,
que M. de Persigny a habité l'Angleterre, pays des associations, des meetings, des réunions, libres, variées, immenses,

[1] Les *Idées Napoléoniennes*, p. 151.

continuelles. Est-ce dans cette contrée que la circulaire du 16 octobre lui a été inspirée?

Quand je me dis ces choses, quand je pense à ceux dont je parle, je ne puis pas, je ne veux pas admettre qu'il y ait dans la circulaire autre chose qu'une méprise, tout au plus un acte d'impatience. Depuis quelques mois les journaux anti-catholiques, inquiets pour la franc-maçonnerie qui leur est chère, et dont les divisions éclatantes venaient de trahir trop manifestement le but politique, avaient imaginé de faire une diversion contre les catholiques, en attaquant chaque jour, et avec les plus bruyantes clameurs, les Conférences de Saint-Vincent de Paul. Cette polémique vous fatiguait : vous avez voulu en finir avec les catholiques et leurs adversaires, et sans vous apercevoir qu'il vous était difficile de faire tout à la fois plus de plaisir aux uns, et plus de peine aux autres, pour faire taire la polémique irreligieuse, vous lui avez donné raison.

Mais ici je m'arrête, je ne veux pas répondre à des hypo-thèses par des hypothèses, à des soupçons par des soupçons : je me refuse et je combats le droit de juger les hommes sur des apparences.

Quoi qu'il en soit, une erreur a été commise. On a déployé une rigueur imméritée ; on a troublé, contristé, sans raison ni preuve, des hommes paisibles et bienfaisants.

On est excusable de tomber dans une telle faute, on ne le serait pas d'y persévérer ; rien ne serait plus grand, plus hono-rable et plus facile que d'en sortir.

Si vous avez le courage de remettre les Sociétés de charité dans le régime où elles étaient la veille de la circulaire du 16 octobre, c'est ma préférence, c'est mon conseil, ce serait votre honneur.

Si, pour la première fois depuis cinquante ans, vous voulez appliquer aux Sociétés qui font le bien, les lois faites contre ceux qui font le mal, au moins ne détruisez pas ces sociétés, et laissez vivre les conseils, qui leur servent de lien nécessaire.

La loi sera satisfaite, la justice et la pauvreté le seront aussi. Plus tard, viendra la liberté.

En tout cas, je le répète. J'en appelle à l'Empereur mieux informé de la circulaire d'un de ses ministres.

Si vous donniez un démenti à mes espérances, je plaindrais ceux que vous frappez, je plaindrais les pauvres, privés, au début d'un hiver rigoureux, d'une partie de leurs plus dévoués bienfaiteurs ; je plaindrais le Gouvernement, assez mal inspiré pour voir des ennemis parmi des hommes pacifiques et religieux — certes ce serait bien le cas de rappeler ce mot de M. Royer-Collard[1] : « Il ne faut pas persécuter les honnêtes gens pour les opinions qu'ils n'ont pas ; on les leur donne : » — je vous plaindrais surtout, Monsieur le comte, d'être plus tard, quand vous repasserez votre vie dans votre conscience, condamné à vous dire : « Il fut un jour où, cédant à la terreur d'un péril imaginaire et à de vulgaires et indignes obsessions, j'ai commis une injustice contre des innocents, et fait injure, sans le vouloir, à une des plus grandes choses qui soient sur la terre, la Charité chrétienne. »

Je regrette d'avoir eu à dire toutes ces choses : je le répète, c'est avec tristesse que je me suis résigné à entrer dans ce débat : mais la Religion, l'honneur m'en faisaient un devoir.

Certes, c'est bien quand nous sommes condamnés à de telles apologies, qu'il nous est permis de dire, avec un historien de l'antiquité : La résistance est juste quand elle est nécessaire, et pieuses sont les mains armées pour la défense de la vérité et de la justice : *Justum est bellum quibus necessarium et pia arma*[2].

[1] *Vie politique de M. Royer-Collard*, par M. de Barante.
[2] Tite-Live.

Paris. — Imp. W. REMQUET, GOUPY et Cie, rue Garancière, 5.

Lightning Source LLC
Chambersburg PA
CBHW071255210626
46818CB00013B/1457